诗海拾趣

梁慧 ◎著

YUANFANG 远方出版社

图书在版编目（CIP）数据

诗海拾趣 / 梁慧著. -- 呼和浩特 : 远方出版社, 2023.3

ISBN 978-7-5555-1788-7

Ⅰ. ①诗… Ⅱ. ①梁… Ⅲ. ①诗集 - 中国 - 当代
Ⅳ. ①I227

中国国家版本馆 CIP 数据核字(2023)第 039927 号

诗海拾趣

SHIHAI SHIQU

著　　者	梁　慧
责任编辑	蒙丽芳　萨日娜
装帧设计	青年作家网
出版发行	远方出版社
社　　址	呼和浩特市乌兰察布东路 666 号　邮编：010010
电　　话	（0471）2236473 总编室　2236460 发行部
经　　销	新华书店
印　　刷	三河市嵩川印刷有限公司
开　　本	880 毫米×1230 毫米　1/32
字　　数	131 千
印　　张	6
版　　次	2023 年 3 月第 1 版
印　　次	2023 年 4 月第 1 次印刷
标准书号	ISBN 978-7-5555-1788-7
定　　价	52.00 元

序言

这两年，我零零星星地写了一些诗歌。作为文学爱好者，出版自己的作品是最大的心愿。今年春夏之交，我收集这两年所写的诗歌，整理出版，以示纪念。

下面用一首散文诗来表达我的心情。

透过玻璃窗，一缕冬日的阳光射进来，一如在你的身旁。今日本该有微风，可是没见来，温暖如你的怀抱。

这湿润散发着香气，那暖暖的太阳，如你的目光，让我的思绪飘散，像窗台的绿萝忘情地长。习惯于这样，在冥想中回味你的善良，你的才情！

这春日的太阳，总是那么明媚。告别了昨日的坎坷，卸下满身的疲惫，斜斜地靠在阳台上，阳光为我谱写着一曲舒适而缓慢的乐章，希望在这个春日，能给大家带来一片阳光。

梁慧

2023年3月15日

目录

平静的岁月如诗

人生是画
岁月如诗
花开花落是一道风景线
宁静的岁月里
我是寂寞的

是你曾经的笑
伴我走过了四季
日复一日的枯燥
是你给了我一缕阳光
平添了一份岁月的温馨

一年四季
是大自然赋予的魅力
是童年的色彩
也是现实的描绘
让我重新体验一次岁月如歌

我在等春天，也在等你

记忆的长河中
有朵心里的花
在静静开放
寒冷的冬夜念着你
春暖花开想起你

海边散步记起你
湖边骑车忆起你
等待春天的花
等待春天的雨
就念起暖暖的你

人生路上
有寒冬　也有春天
心存暖意
美丽的春天总会
迎我而来

我读不懂你眼中的月亮

你忧郁的眼神
是为谁伤透了心
我读不懂
略带疲倦的面容
又是谁走进了你的眼睛
我读不懂

你高高的头
见过高山 见过大海
欢快地流淌而过
你看
星星属于你
白云属于你

连夕阳也属于你
还有什么不开心
我读不懂你眼中的月亮

有你的季节，花最美

宁静的窗外
阵阵的微风
吹开尘封的往日

发黄的照片
老家门前的留影
这弯弯的小桥
这潺潺的流水

这张开的老树
这陈旧的古屋
哪一幕未留下
你的欢声笑语

那是你我
童年最美的回忆
有你的季节
山美 水美
花最美

闹元宵

元宵
喜庆春节的延续
街头繁华又热闹

看呀
挂灯笼 舞狮子
放鞭炮

元宵 团圆
天上星星盼相聚
地上人儿望团圆

元宵 灯节
五彩缤纷的华灯
装饰了你我的梦

听春

听
春悄悄地来了
带着盛开的花儿
引着美丽的蜂儿

看
南国的花，开了
北国的雪，融了
人们的厚衣，脱了

瞧
小孩儿，跑出了院子
成年人，走出了家门
老年人，踱到了广场

瞅
树儿发芽了
鸟儿歌唱了
田野变绿了

春
喜到脸上
甜到心里
福到人间

如果你问我今天心情如何

傍晚时，你来看我
大家相谈甚欢
从工作到家庭
再聊到各自的孩子

我俩侃侃而谈
给这寒冬腊月
增添无尽乐趣

你笑靥如花
洋溢着喜悦
今天的心情挺不错

听说很多地方下雪了

这寒冬季节
很多地方下了雪
一定很冷吧
我是岭南的女生
没体验过下雪
会不会很美

想象中的大雪
没过我的膝盖
房子里的暖气
玻璃上的水雾
都是一幅幅
美丽的画卷

我与自己握手言和

鸟语花香的春季
我在园子撒着种子
夏天为它浇水除草
凉爽的秋天到来
收获了累累的果实

而今，冬季来临
白雪纷飞的地上
堆积着厚厚的黄叶

我还在念着过往
久久不能忘怀
跟往事道声再见
与自己握手言和

我还能说些什么

从春到夏
花开又花落
依然不见你的影子
我还能说些什么

秋天的叶子已经落尽
冬天的雪花漫天飞舞
还是没见你款款而至
我又能说些什么呢

从白天到黑夜
从春天到冬天
由希望到失望
一年四季都是空落落的

我又能做些什么
说些什么好呢

我的选择

假如我是一棵草
就要绿化原野
假如我是一朵花
就开满路边篱笆

假如我生活在北国
冬天看纷飞的雪花
那晶莹剔透的样子
装点了我的院子

假如我是一只鸟
飞翔在天空
遨游在自由王国
那是多么舒畅

你所要的夜

朦胧的月色下
清澈的溪边
一对对呢喃的情侣
牵手而过

蝴蝶飞过来
为他们捧上花儿
蜻蜓飞过来
为他们送上祝福

这夜里
演绎着多少动人的故事
也诉说着多少悲欢离合
但夜，依然宁静

梦一世浮华

人生的春天
百花齐放，人来人往
繁花似锦

开始想念
那曾经握在手中苍凉的岁月
以及那一段灿烂的日月

我在河之彼岸
守望曾经归来
安然地度过未来的岁月
梦一世浮华

我的礼物

你的眼里住着两只蝴蝶
一只是白色
是星星送的
另一只是蓝色
是花儿送的
我的手里还有一只
是红色的
是我用心锻造的

惊蛰

时至惊蛰
温暖了大地
催醒了小草
融化了冰雪

声声春雷乍动
呼唤着人们
惊醒了万物

雨水淅淅沥沥
下个不停
湿润了土地
滋润了家园

花儿枝头迎春
虫儿土里欢唱
青蛙鸣叫不停

芽儿绿遍了果园
蜂儿采蜜忙不停
万物生机盎然

背 影

时隐时现
似熟悉的背影

藏于记忆中
模糊又清晰
多年以后
仍无法抹去的痛

留在心里
刻在脑海中
匿于记忆深处

我的雪，有一部分下在心里

寒冬，雪花在飞舞
时而飘在原野
时而飘在山岗
但有一部分
下在我的心里

这雪冰了肌肤
滋润了心田
仍保持着热情洋溢
消融在心底深处

我的雪
覆盖委屈
淹没泪水
融化在春天的阳光里

把故乡装进行囊

故乡
温暖的颜色
熟悉又陌生的脸
不变的乡音
那张开大臂的老树
石子铺就的路面
泥土脱落的古屋
依旧熟悉

老牛从小路走过
小狗汪汪叫着
老母鸡带着小鸡
慢悠悠地觅食

奶奶和大婶忙着
手里的农活儿
爷爷和大叔思索着
沉默不语

我把故乡装进行囊
带着游子的思念
一并远行

夕阳无语

每每看到夕阳
伤感 落泪
应了那句
“夕阳无限好
只是近黄昏”

人生路恍恍惚惚
虚度了少年、青年、壮年
已近黄昏
回头看 空如洞

失落如浮云
水不可倒流
人不可再少年

静立黄昏夕阳下
凝望血红的夕阳
敢问白云 何时
再如日中天

鲜花已凋谢
朝阳已夕阳
何时君再来

我是骄傲的小蜻蜓

小蜻蜓
羡慕你的轻盈
羡慕你的自由自在

可我
不像你那么轻快
不像你海阔天空

我骄傲
我是勤劳的小蜜蜂
飞到东　飞到西
我也要当只　小蜻蜓
飞过水面　飞过田野
轻盈　自由自在

那个夜里

那夜
我徜徉湖边
身旁一对对
呢喃的情侣
牵手而过

人间美好的
是爱情
亲情
与友情

爱情使人依恋
亲情使人温暖
友情使人长久

世界变化，我不变

世界不停在变
科技、文化
不断变化与更新

世界在变
而我不变
每天固定的路线
努力工作
平静地生活

回忆求学时光

青涩少年时
一起学习与锻炼
浪漫青年时
一起交流欢乐与烦恼

休假时
一起出去游玩
体验大自然的美

还记得
那一年的晚上
我们一起到附近的城里
喝茶、聊天、听音乐会

还有那一年的暑假
去漂流迷了路
是您寻寻觅觅
找到了我们
您是大家的领头羊
您的离去是我们心头的痛

春天站在门口

美丽的燕子姐姐
从门前飞过
沾着水面 飞过河岸

害羞的小草姑娘
破土而出
长成亭亭少女

窈窕的柳姑娘
把手伸向湖心
鲜红的桃花妹妹
露出笑脸

春天站在门口
凝望成双成对的鸳鸯
在湖水里嬉戏玩耍

春天画出五线谱
奏出动听的乐曲
唱好四季的第一首歌

炽热的初夏

火球般的太阳
炙烤着大地
树木也垂下茂盛的叶子
小狗吐出长长的舌头
知了在树上鸣个不停
只有老人在树下慢慢地扇着扇子

风，一丝也没有
热浪一阵接一阵
这初夏都使人昏晕晕的
雨水变得那么稀有
一场雨就如救命的泉水一般

我温柔，但不丑

温柔是
沙漠的绿洲
雪天的篝火
亲爱的 我温柔
但不丑

我是春天的风
夏天的雨
秋天的枫叶
冬天的一把火
温暖您的人生

把最后一滴泪水留给自己

回顾往事
泪水在眼眶里打转
场景一幕幕

工作上的收获
生活里的困惑
孤独时的无援

弱小的肩膀
承担家庭的责任
那一池的泪水
洒向天外
最后的一滴泪
留给自己
留给灿烂的明天

说说我自己

岭南城里
四季如春
微波粼粼的湖边
一个瘦弱女子
踌躇不前

思过去 想未来
眉头紧锁也厘不清
如何才能平安快乐
幸福一生

林间来回踱步
思索不停
风，是否顺畅
船，是否到达彼岸

我真正的快乐

日子在跌跌撞撞
悄无声息中流逝
平常的时光
苦涩中夹着喜悦

工作琐碎而繁忙
思绪飘忽不定
生活苦乐参半

与爱人散步
陪孩子弹琴
假日在沙滩游玩
就是真正的快乐

一问再问

叮咚的溪水
你一路欢笑
一问你是否看见
路旁的小草干枯了

再问路旁的野花
开得正鲜艳
是否装点了人间的美好

再问枝头的倦鸟
飞了多久
是否品尝了
人间的喜怒哀乐

池 塘

夏日的池塘
荷花香飘十里
荷叶娉婷婀娜

而今，冬日的池塘
荷叶已枯萎
露出几株干片
在寒风中飘零

鸟儿轻轻飞过
在池塘边觅食
鱼儿在水里游过
不时地追逐嬉戏

家乡的距离

似曾相识
云里梦里的家乡
梦里回乡 甜蜜温馨
如今回乡 恍如昨天

长辈相见
犹如故人归
少儿相见
笑问客从何处来

忆少年 采花扑蝶
忆青年 离乡求学
忆中年 乡愁入梦来

乡如故人亲
离乡方知故土馨
乡愁闷
唯有忆乡慰自身

夕阳之壮美

西山的夕阳
慢慢地落下地平线
霞光 映红了大地
泛起片片红粼

都说夕阳无限好
只是近黄昏
可黄昏的壮美
是如日中天
所无法比拟的

黄昏是走过
羞涩的少年
灿烂的青年
及壮丽的中年后
悠然与神闲气定

人生之路
既有朝阳的活泼
也有夕阳的壮美

湖边畅想曲

踱步到湖边
微风轻轻吹送
杨柳依依相迎

湖面
小鱼欢腾着
奏出湖的欢乐

远处
火红火红的凤凰花
开了

近处
粉紫粉紫的紫薇花
也开了

整个初夏
生趣盎然

休闲的星湖湾
给予我无尽的欢乐

四季的心情

春天
笑意盈盈地拥抱
姗姗而来的你

夏天
舒展了十指
掠过你眼眸上的秀发

秋天
眼睛被金色点亮
丰收的喜悦镶满镜框

冬天
浪漫挟持了夜
你在白雪皑皑的远方

走过四季
色彩斑斓里
我却只有一种心情——想你

风中的落叶

路边，我发现一片落叶
金黄的 孤单的
那是秋天落下来的

菜园边，也有一片落叶
我把它捡起来
带回家 放在阳台上
当作观赏的风景画

小溪边，见到了
那片顺水而下的落叶
沉沉浮浮的
哪里才是您的家

来到公园
发现更多的落叶
静悄悄地躺着

一片又一片
那么孤单
就这样渗进土里了

那座老桥

风雨中，您站立了太久
多少老人小孩从您背上跨过
多少青年壮年从您身上踱过

您，依然屹立
看着远方
守护着您的子孙后辈

风雨中，您见过多少是是非非
听过多少家长里短

您细数无限欢乐与喜庆
更陪伴无尽的哀怨与不安

可您仍然风雨无阻
站立在纯朴的乡间

山花烂漫的四月

四月，漫山遍野
山花烂漫
可是有点伤
花开过后就是凋谢

四月，细雨如丝
春风拂面
可是有点伤
把那婀娜多姿的柳条
挂上门头祈福

四月，朝拜先去之人
那哀怨的眼神
忧伤的神情
蔓延了一个月

四月的伤
迎来五月的欢喜

走过黄昏

雾色渐浓
黄昏姗姗而至
浪漫的夜降临了

朦胧的月色下
远处传来阵阵蛙鸣
更显夜的宁静

霓虹灯亮起来
夜归的路人匆匆而过
街市热闹起来了

江边的情侣成双对
呢喃细语
绿叶在诉说
风的多情
雨的妩媚

走过黄昏
奏出夜的浪漫畅想曲

具有孩子的心

具有一颗孩子的心
童真 可爱 无防备
是多么美妙的事

具有一颗童心
笑声灿烂 阳光明媚
世界将是多么和谐

具有一颗童心
野外山岗 追蜂扑蝶
是多么自由自在的乐事

具有一颗童心
单纯 善良 可爱
是多么优秀的品质

愿每人都有孩子的心
快乐 幸福 每一天

今晚，适合写信

今晚，春雨嘀嗒下不停
适合看书，回忆往事
那久远的少年时代
写信，是美好的事

交笔友，练文笔
书信来往之间
牵起了两地的情谊

今晚，适合写信
把人生经历写出来
在邮箱里发给自己

今晚，适合写信
将抒情的诗句写出来
寄给心爱的您
温暖着往日情思

今晚，适合写信
任思绪飞散
写出自由浪漫的自己

海风 海浪

炎热的暑假
来到海边
吹海风 看海浪

阵阵海风扑面而来
使人振奋
令人惊醒

滚滚海浪
一波高于一波
排山倒海般 呼啸而至

滔滔的浪花
我喜欢你的洁白

阵阵海风
我惊叹你的猛烈

这情这景
令我佩服大海的魅力

流连于山水间

山花烂漫
小溪淙淙
流连于山水之间

大树招手
鸟儿鸣叫
流连于山水之间

蜜蜂花间采蜜
蝴蝶林间飞舞
流连于山水之间

山风阵阵
松林涛涛
流连于山水之间

追蜂扑蝶
吟诗作赋
流连于山水之间

窗 外

窗外 春花烂漫
而我还在晨读

窗外 夏日炎炎
而我还在背书 记单词

窗外 秋风萧瑟
而我还在解题 计算

窗外 白雪皑皑
而我还在背诗 画画

一年四季 我在求学
而窗外热闹非凡
繁华喧嚣

我耐住寂寞
就是为了日后
丰富多彩的美好人生

如 果

如果还是小姑娘
在路边看蚂蚁
在田边追蜻蜓
快快乐乐笑声扬

如果还是少年读书郎
校园的热闹与欢乐
在记忆里珍藏无数年

如果回归单身
欢快自由乐盈盈
无拘无束一身轻

如果父亲还健在
母亲还年轻
家中饭菜远飘香

这幻想 这梦境
喜悦之情溢于言表

故 乡

故乡 时隐时现
隐藏于记忆的地方
那熟悉的山山水水

故乡 熟悉的语音
逐渐老去的双亲
渐行渐远的游子

那清澈的小溪
是儿时经常看鱼虾
和嬉戏玩耍的地方

田里的野花
葱葱郁郁的菜花
美过一切艳花

故乡的春夏秋冬
是那样美好而温馨

人间最美四月天

晨曦初露的早晨
微微的风儿轻轻吹
人间最美四月天

水岸花城人影动
垂柳依依鱼儿欢
人间最美四月天

莺歌燕舞
百花争艳
人间最美四月天

生机勃勃
柳绿花红
人间仙境四月天

老家的屋檐下

儿时
屋檐下一串串蒜头
挂满我的味蕾
母亲的微笑 系在心头

后来
燕子飞回
衔着满院子的勃勃生机
我的梦 在它们筑的巢里

往事
像檐下的雨水嘀嗒不停
跌进我的日记本里
摔成一瓣瓣花语

长了青苔的瓦片
与屋檐下的泥沙碎石浅浅私语
童年的梦被揉进里面
与蓝天白云守望多年

记忆
挥不去忧伤
远方游子
在屋檐下 梦回童年

宁静的夜

四月的夜
微风轻轻地吹送

远处传来阵阵歌声
更显夜的宁静

青蛙呱呱鸣不停
星星点亮红灯笼

远处时隐时现的笑声
低头窃窃私语的情侣

湖边的月影人影
最是灯火阑珊四月夜

明天我要去远方

明天我要去远方
在那遥远的高山
看日出 赏日落

明天我要去远方
在那浩瀚的海滨
听海风 追海浪

明天我要去远方
在那碧绿的大草原
看诗人笔下“风吹草低见牛羊”
那壮阔的画面

明天我要去远方
感受慢节奏的云南丽江
壮观的黄果树瀑布

明天我要去远方
欣赏一路的美景
拍摄美丽的人间景观

来 路

来时之路
树影婆娑
人影绰绰

曲径通幽处
花红柳绿
依然幽雅宁静

微风轻轻地吹拂
小鸟唧唧地鸣叫
鱼儿在水里游得欢

湖边杨柳依依
小径竹林青青
绿荫不减来时路

回程之路
添得黄鹂四五声

五月的微风

五月的微风
明媚的阳光
纯真的大自然
让灵魂在此收获
让心灵在此停留

五月的微风
吹过田野
吹过江河
吹过纯真的心田

假 如

假如回到童年
出门就见小草和野花
还有小鱼在溪里欢

假如回到少年
房前竹林随风飘扬
屋后菜地郁郁葱葱

假如回到青年
父母双亲温如春
家庭欢声笑如颜

假如还是父母的小女
说说笑笑 不知愁滋味
尽享父母的宠溺

假如自己小家温如玉
儿女绕膝生活幸福
假如一切重来
满城花开

飞翔在天空

几只鸟儿飞过
抬头望天空
瓦蓝瓦蓝
纯净如水 在头顶流动

远处飘来白云朵朵
影子 在地面行走
郊外 我仰望你的花容

绿茵如盖的马路
车流 遮挡了归途
城市的上方 是我对你的渴慕

繁花似锦点燃了夜晚
鸟语花香敲响了晨钟
你湛蓝湛蓝的样子
是我一直追逐的梦

谷 雨

春夏之交
春光颇明媚
暖风送不断

雨水滋润田野山岗
湿润城市与乡村

不负美妙光阴
小朋友们露笑脸

青年伙伴润心田
走出家门迎清风

壮年老年喜洋洋
奔向郊区踏青忙

我的心思你是知道的

时光在不经意间流逝
一晃已经多年
我的心思你是知道的

可你依然不再回顾
任凭我伤心难过
回想起往日
欢乐依然在

可你躲在你的温柔乡
任凭我风吹雨打
而你毅然
随风而去

梦是水做的

梦，甜蜜温馨
梦里的人多么俊俏
梦里的事多么温暖
可梦，是水做的

梦，在天空自由飞翔
梦，在地上自由行走
梦，可以心想事成

可梦是水做的
她流进江河
奔腾到大海

可以重叠的

暖和的阳光
照在树荫下
影子可以重叠
但阳光不会

她四处发散
温暖了人心
温暖了北国的
城市与乡间

风也不会重叠
她一阵强过一阵
吹翻了渔船
吹飞土房的棚架

突然就变了

昨天温暖如初
今天就变了
你来得那么快

以致来不及准备
就冒冒失失出发了
你用力地吹着

树叶纷纷落下
草儿迎风摇曳
虫儿躲进小洞

哟，你怎么那么快
我们伸手迎接

落叶了，你就回来

秋天已悄然过去
落叶散了一地
金黄的叶子
铺就了弯弯的小道

可你，已远游数年
秋去冬来
依然不见你的影子

每天站在院子里
看着来来往往的人流
等待你回来

这个冬天

凌厉的北风拂面而过
吹落了金黄的叶子
只剩光秃秃的枝头

试问高高的枝头
站在荒凉的原野
看到了什么

是否有飞鸟掠过
是否有云朵吻过
晚霞是否映红你的脸

这个冬天
我在南国的阳光里
迎接来年温暖的春

小 雪

迈着轻轻的步子
你到来了
来自遥远的北国
那么的快乐与浪漫

你铺开一张宣纸
让我在上面练字
还有画那简笔画

你一路欢歌和絮语
告诉我你的忧伤
还有那绵绵的相思

想还与不想还的

已蹉跎的岁月
已过去的昨天
我想还回昨天的纯真
更想追回往年的失落

但昨日已逝
光阴已过去
不想还的是那快乐的时光

不论想还不想还
朝阳依旧升起
晚霞仍然缓缓降落

不知道这算不算感悟

感觉时光飞快流逝
少年的纯真一去不复返
青年的意气风发一闪而过
不知道这算不算感悟

在家庭、学校
引导孩子积极向上
培养勤奋努力的习惯
不知道这算不算感悟

广阔的大自然
花草树木令人舒畅
江河湖海令人无比向往
不知道这算不算感悟

又是一季霜雪

一年四季轮流转
又到寒冬腊月时
北国雪花飞满天
南国花儿依然艳

霜雪时节白茫茫
黄叶已落化成土
来年枝头芽儿嫩
郁郁葱葱多可爱

霜雪时节催人寒
雁飞兔走人影少
渺渺茫茫山林中
孤影笑看天地间

遥远的家乡

夜 静悄悄的
圆圆的月亮
高高地挂在星空

星星眨着眼
思念着遥远的家乡
还有那慈祥的爷爷

记得童年时
在那棵大树下
爷爷给我讲动人的故事

爷爷笑眯眯地讲着
我乐滋滋地听着
我在树下就这样入眠了
爷爷，您在家乡还好吗

风笑了

今晚月色如水
风轻轻地吹送
花儿微微地笑

风拂过湖面
牵起层层的涟漪
鱼儿欢快地笑了

风刮过大树
发出哗哗的响声
叶子委屈地笑了

风掠过田野
发出呼呼的响声
小草放肆地笑了

今晚 大风刮不停
你为谁而笑

拥抱明天

今晚
星星在天上眨着眼睛
曙光来临之前
拥抱明天

太阳升起来
山欢了 水笑了
大地拥抱明天

走出家门，伸手
迎接晶莹的露珠
露珠笑了
拥抱灿烂的明天

我寻寻觅觅
追逐崭新的一天
再拥抱明天

无言的忧伤

这一生有太多的无奈
无法用言语表达
此时无声胜有声

少年的忧郁
是成长路上的坎
青年的独处
是无法诉说的寂静

多少次梦到他乡
醒来泪湿枕巾
这隐隐作痛的
是这蹉跎岁月里
无法排解的忧伤

那久远的时光

隐约还记得
与奶奶挑着小竹篮
在路边捡树叶
那勤快的小姑娘

又记得
到小溪边
看小鱼小虾游来游去
那童真的好时光

更不会忘
油菜花地里
采花追蝶
那稚气的少年郎

最难忘
竹林里 看书 画画
静谧悠闲
那久远的旧时光……

夜色朦胧

朦胧的夜色
溪边传来隐约的蛙鸣
给宁静的夜添了一份生趣

夜色正浓
远处飘来阵阵的歌声
谁家姑娘在放声歌唱

那闪烁的霓虹灯
给夜归的路人
添了几份温暖

夜色朦胧
给离乡的游子捎去
浓浓的乡愁

在时间的远方

晨曦微露的清晨
鸟儿飞来飞去
在时间的远方
感受这美好的时光

闷热的午后
水塘的青蛙鸣个不停
在时间的远方
感叹这清闲的午间

夜幕降临的黄昏
行色匆匆的路人
夜归的守护者
都不忘这时间的远方

白皑皑的雪

平生没见过雪
的确不知
雪，怎么了

在电视电影上
见过高山上的雪
小溪边的雪
还有马路边的雪

那白茫茫一片
留给人空白
留给人纯净

天气暖和了
雪，你怎么了
流泪到天亮吗

时间本无语

时间本无语
却回答了所有
冥冥中已有了定数

时间本无语
却显在岁月中
来的始终要来
去的也无影无踪

时间本无语
却流逝无数
凡人常痛苦
郁郁不得欢

时间无语终须别
岁月有痕梦不得

我忘了今天有雨

我喜欢你——雨
不论春雨的缠绵
夏雨的凉爽
秋雨的清丝
还是冬雨的冷冽

但我忘记了
今天有了乌云
有点浓雾
就会有缠绵的你

我喜欢的你来了
带点色彩的浪漫
带点柔和的温情
款款而来

小　满

小满小满，雨水多
江满，溪满，鱼跃塘
柳绿花红，稻飘远
荷叶飘香十里外
柳条弯弯笑月牙
夏风凉爽轻抚脸
小满小满，垅头菜
长势喜人乐悠悠

自嘲

今朝梁家女
岭南薇子溪
本自西江边
星湖依自居

平凡也珍贵

早晨踏着朝阳去上班
这是平凡一天的开端

午后喝一杯奶茶
这休闲的片刻
是平凡的一缕时光

晚上做一餐美味佳肴
与家人一起舒心共享
这是平凡的欢畅

一家人围坐在一起
聊天 看电视 吃零食
这也是平凡的夜晚

节假日三五知己
开车 踏青 郊游
都是平凡的生活片段

但这一切
都是平凡而弥足珍贵的向往

在山那边

在山那边
有一片云
悠悠地飘来

在山那边
有一块地
蔬菜郁郁葱葱

在山那边
有一口井
井水清甜可口

在山那边
有一湾湖
湖水清澈见底

在山那边
还有一片树林
小鸟叽叽喳喳叫不停

在人间

在人间
春生夏长 秋收冬藏
万物顺应自然规律

在人间
南暖北寒 花开花落
历尽沧桑 几度夕阳红

在人间
春赏桃花梨花
夏收荔枝龙眼
一年四季风景如画

在人间
高山流水美如画
四海之内皆兄弟

在人间
甜酸苦辣尝一遍
不枉人世走一遭

我为什么要写诗

写诗
是生活之外的甜点
喜欢她的精致
诗人
喜欢诗的高尚
那是文学上的金字塔

写诗
是与灵魂对话
是陶冶情操
是枯燥生活的一颗糖

喜欢诗
也爱散文诗
诗与歌分不开
那是姐妹花
喜欢听歌悟诗
到乐谱里填诗
诗与歌融合到极致

总有一朵花是属于我的

那年那天
那座久远的花园里
有群赏花姑娘

看上
艳丽怒放的玫瑰
纷纷摘下

她却悄悄离去
她怕她的呼吸
扰乱花儿的宁静

她更怕她的气息
浑浊花儿的清香
一走三回头

闻着馨香
默默离去
多年以后

那朵玫瑰
魂萦梦绕的花儿
不见了

她久久倚立
希望再次见到
属于她的那朵洁白花儿

孕 育

孕育
泪光中仿佛
再现您的艰辛

母亲
您孕育了我
从牙牙学语
到成家立业

路途的
弯曲与坎坷
风雨中没忘嘱咐

我成为母亲
孕育幼儿
从蹒跚学步
到入园入学

风雨人生
不忘初心
可求得始终

得子方知人间爱
再报慈恩父母辛
愿双亲
晚年多安详

春天是什么

春天
是花的乐园
是田野的梦想曲

春天
是南国的花期
是北国的冰雪融化

春天，我到
海边看海，踏浪
到田野采花，追蝶

春天
是孩子的乐园
是大人的梦想

春天
是万物苏醒
是一元复始

我不和昨天说再见

我不和昨天说再见
我要到花园里
浇花 除草
到田野里
追蜜蜂 扑蝴蝶

我不和昨天说再见
我要到天边
迎晨露 接朝阳
我要追忆往昔
展望美好未来

我不和昨天说再见
我要为孩子指点迷津
引领前进的方向
那火红的明天的太阳
还要用尽全力来托举

与阳光对白，与月亮对话

你的光芒伤了我眼睛
风悄悄 云也悄悄

你的泪脏了我衣领
雨溜溜 露也溜溜
月儿你静静坐空中
听着谁家的故事

开心了笑不停
苦闷了泪盈盈
月儿你寂寞了
到凡间走一趟
看看花草树木
听听江河湖海

月亮你累了
也该歇一歇了

远去的记忆

曾记否
那一地的油菜花
天真烂漫的少年

油菜花田里追逐打闹
采花 吹风 追蝴蝶
烂漫花季
淡淡的花香
嘤嘤的鸟语
久远了的时光
花地读书的身影
落日余晖的故事
是否还萦绕心头

活着就要好好的

四季的花儿在微笑
和煦的春风在送暖
高高的小树在招手
活着就要好好的

早上的露珠闪烁着
中午的太阳温暖着
晚上的灯光闪耀着
活着就要好好的

母亲呼唤着
父亲叮咛着
孩子嬉笑着
活着就要好好的

少年奔跑着
青年创造着
老年休闲着
活着就要好好的

星星伴你成长
月亮引你前进
太阳为你挡风雨
活着就要好好的

舒适的家

慵懒的早晨
遇上甜美的情诗
如喝葡萄美酒

平时的奔忙
主宰了日常
遇见您——家

与诗人对话
与才子相见
与温情相逢

春风拂面
春日正浓
温情不散

就这么一回事

小时候趴着趴着
长大后跑着跑着
老了后颤着颤着
怎么走着走着就少了

一个东一个西
一个南一个北
一个天上一个地下

天上的星星呀
能否照亮前方
让迷途的鸟儿
不再徘徊

南方的风呀
不要再刮了
请指引方向
让鸟儿回巢

一字诗

一轮明月一城湖
一梦相约一岁除
一抹清风一阵醉
一片水岸一沉浮

风笑了

走进光秃秃的山
风笑了笑说
它只想着远方
不懂诗的浪漫

看山不见山

看山不见山
可知山有多大
看得见你的温柔
却不见你的忧愁

一盏茶的时光

朦胧的黄昏
微微的一盏小灯
朴素的桌子上
那一壶淡淡的茉莉

独斟时光
品茗 书海徜徉
陪伴入夜的宁静

虫鸣蛙叫
更添夜的陶醉

孤独与我无关
一盏茶相伴
拾起一段美好的时光

灯光绰绰
笑脸盈盈
南风轻轻
一屋的温馨飘荡

三月是写诗的季节

三月是学雷锋的季节
好人好事宣传栏挂在街道两侧
中小学生拿着鲜花走进养老院
路口站着戴红袖章的志愿者

三月是妇女的季节
街上的蝶儿们花枝招展了
公园里的欢笑声更爽朗了
广场上的舞蹈更优美了

三月是植树的季节
道路美化了
山坡碧绿了
鲜花美了全城

三月是浪漫的季节
三月是繁花似锦的季节
三月是细雨下个不停的季节
三月是诗人们才思泉涌的季节

我是被这个春天误导的人

本是阳光明媚
温柔多情的时日
却是细雨绵绵
我是被这个春天误导的人

本该去郊外踏青
采花扑蝶
却像蜜蜂　飞来飞去忙不休
我是被这个春天误导的人

本该莺歌燕舞
卿卿我我
却是劳燕分飞
我是被这个春天误导的人

本该小桥流水
丝竹管弦
却是嘈乱吵闹
我是被这个春天误导的人

春夏秋冬
听雨　赶海
看花　品茗
我是拥抱明媚春天的人

你来，是有心的吗

你来了
带着阵阵的微风
夹着丝丝的暖意
是有心的吗

你来了
眼睛闪亮 前额光滑
嘴角微微翘起

你来了
跨着步 扭着腰
笑意盈盈

你来了
左手梅花 右手梨花
踏一路芳香

你来了
带着昨天、今天和明天
还有那春夏秋冬
是有心的吗

推窗看远方

静寂的夜
远方传来
时隐时现的琴声
是你在弹奏心中的女神

推开窗
朦胧的夜色下
湖边那成双成对的影儿
是你在约会梦中的女神

倚靠窗边
那含笑盛开的花儿
笑意盈盈的
是在迎接我美丽的女神

推开窗
让月亮住进来
我们一起
靠窗凝望远方

让月亮照进来

我想推开窗
让月亮住进来
看看这精致的杯子
这盛开的花儿
还有她美丽的幻影

做生活的主角

人生不过如此
且行且珍惜
自己永远是自己的主角
不要总在别人的戏剧里充当着配角

粗茶淡饭不要紧
朋友散场没关系
只要你有活色生香的灵魂
日子就会如诗如画

一处风景

傍晚住进小溪
两旁突然开出
朵朵玫瑰

各色花朵
开得正灿烂
点亮了竹林上的云霞

你在那里
驻足观看
我在远处 把你遥望

想想都很美

如果身在蓝天下
自由自在地奔跑
那是多么美好

如果畅游郊外
听听泉水的叮咚
小溪之潺潺
那是多么美好

如果一家人
气氛融洽
说说笑笑
那是多么美好

这一切的一切
想想都很美

涟 漪

那一圈一圈的
荡漾开去
像是梦境
像是轮回
如果没有触动
她平静一片
你动她一下
就一圈一圈
跟你笑着离去

一个下午的心情

午后突然起了风
这冬日的寒冷
说来就到来

阴冷阴冷的天气
随着寒风钻进窗来
想起往日的不快
一向平静的心情
陡然平添几分忧郁

过往的委屈 沮丧
逐一涌上心头
但愿那往日的不快散去
翻开新的一页

雪后初晴的早晨

一夜呼啸的北风
使纷纷扬扬的雪花
在空中乱舞
院子里堆积得厚厚的

雪后初霁的早晨
太阳慢慢露出那
躲藏了一整夜的脸
那么好奇与迟疑

这么美丽的雪
像是铺了洁白的纱巾
我该给你画梅花
还是画枫叶

立秋，怎可无诗

树叶飞 秋风起
片片落叶轻轻舞
一年时节秋来时
瓜果香 收获满

秋风秋雨情
点点花伞墙角下
娉婷袅娜的姑娘
消失在小巷的尽头

巷子的回忆

古老的巷子
弯弯的石板路
一直延伸到远方

巷子的这头
一把花伞悄然而过
婀娜的姑娘
消失在巷子的那头

记忆里的巷子
烟雨朦胧地
时隐时现
飘洒在秋雨中

静立的古桥

静立的古桥
优美的弧形
矗立在河滩上
经历了多少风风雨雨
承载了多少历史记忆

桥上俏立的亭子
遮挡了无数风风雨雨
无论怎样
依然迎风而立

拱下的小桥流水
清澈见底
牧牛人安闲地放着牛
享受着秀丽风光

我爱您，祖国

我站在长城脚下
大声呼唤：祖国，您强大起来了

您的儿女含辛茹苦
为了科技强国
始终奋战在科研第一线

我站在黄河边上
高声呐喊：为了黄河的源源不断
请爱护森林资源、水资源
以及大气层

我来到长江边上
高声赞誉着
滚滚的长江水
是中华民族不屈的象征

百年的悠悠岁月
铸就了祖国的一首长诗
这长诗的“诗眼”，就是中华民族

斗转星移
祖国撰写了 多少的历史长卷
党旗就是这长卷中的文魂

我要化作一只鹰
冲破滚滚的时空
带着矫健的翅膀和敏锐的眼睛
遨游在这历史的长河里

再见了，亲人

过去的许多往事
不论好与坏
都道一声“再见”

再见了
美好的青春年华
曾经的同学与友谊
那是永久的记忆

再见了，永别了
父亲与大哥
那是最亲的人
留下的最伤的痛

再见了
曾经的工作岗位
我要回归原位
继续忙碌于工作
把希望寄托在
明天与未来
希望来日一切都顺畅

雪，下在心里

寒冬，雪花在飞舞
时而飘在原野
时而飘在山岗
但有一部分
下在我的心里

这雪冰了皮肤
滋润了心田
仍保持热情洋溢
让她消融在心底深处

我的雪
希望覆盖委屈
淹没泪水
让她融化在春天的阳光里

从此，我无所谓输赢

从春夏忙碌到秋冬
跟朝阳一同起来
与夕阳一齐落山

风中来雨里去
但雨雾过去
依然不见太阳

忙碌一生
还是平平无奇
从此，我无所谓输赢

那个早晨

那个早晨
北风刮个不停
雪花在空中乱舞

第二天
太阳露出了笑脸
雪慢慢地融了

小孩走出家门
欢欢喜喜打雪仗
老人在院子里
懒洋洋地晒太阳

爷爷说
来年又是一个丰收年

星星闪烁的夜

星星眨着眼睛
月亮找不到家
只有蛐儿鸣不停

此刻的夜
寂静无边
门前的小溪流不停

那窗前的姑娘
倚立门边
是否在思念远方的郎

腊月小年

适逢小年
人间小团圆
问候亲朋与好友
是否有人与您
倚立在黄昏
可否有人
问您粥可温

一年又一年
小年过后是大年
红红火火
热热闹闹

愿您来年
神清气爽
虎虎生威

赠师范同学诗

三十多载风雨路
不论坎坷与坦途
回顾过往倍亲切
愿虎年安康福禄

冬天的尽头

春天的脚步悄然而至
北国的积雪开始消融
南国的鲜花正在怒放

冬天的尽头
就是春天的开始
一元复始，万象更新

大家期待着
明媚春光的到来
走出家门
听听鸟鸣，看看花开

春天来了
我们伸出手
满心欢喜迎接她

新春里，感受冬奥运动会

正值新春佳节
迎来了冬奥运动会
二月四日立春晚
举行了盛大的
冬奥运动会开幕仪式

圆圆的互相紧扣的五环
出现在主会场
来自世界各国体育健儿
神采奕奕，逐一登场

作为东道主的中国健儿
一袭红装闪亮登场
突出了 鲜艳的中国红

那震撼的场面
让国人惊叹，让世界震撼

体育健儿们
期望你们
赛出风格，赛出成绩

二月春来早

寒意还在袭人
冬天还未退去
二月的春天
已悄悄来临了

你看
坚冰在慢慢消融
鱼儿在水下畅游
春的脚步近了

田里的野花开了
地上的草儿探出头来
二月的春天
来得比往年早

春夜听雨

夜半醒来
窗外下着淅沥的春雨
屋里却暖洋洋的

在这静夜里
细细地聆听
慢慢地品赏

夜，漫长着
雨，叮咚着
心，慵懒着

这雨夜里
静中带着喧嚣
舒心中透着随意

春天的小巷子

穿过那条小巷子
春雨淅淅沥沥下个不停
夜，更显宁静
屋外透出的灯火
更衬寒夜的暖意

寂静的小巷里
时时传出笑声
那墙上的小花
在风雨中飘摇不定

穿过这小巷，你可曾
想起远方的故人

春思家园

这初春里
忽想起家乡的那小山
像一只飞翔的鸟儿
腾空而起

那是思家的春鸟
像童年的孩儿
时而奔跑，时而遥望

这春暖花开时
请飞回家乡
看看碧绿的田野
还有漫山遍野的野花

累了，就回来看看
寻回那童年的梦想
那梦，溢于心田
温馨而暖融融

三月，喜欢你

三月，姗姗而至
那么明媚，那么轻盈
春风温柔地拂着脸
春雨细细地滋润着大地

像俏丽的春姑娘
迈起轻快的脚步
欢呼着迎接
您的到来

我要用歌声欢迎您
我要用笑声赞颂您
请让我轻拥您入怀
一如摇篮的孩童

三月的节日，丰富多姿
学雷锋做好事
五彩缤纷的妇女节
绿化原野的植树节

明媚的三月
我伸出双臂欢迎您

浅 夏

深深的绿
浅浅地笑
高高的枝头点点白
纷纷扬扬随风飘

圆圆的荷塘
馥郁芬芳
浅浅的夏里
枝头蝉儿鸣

稀疏的院落
花儿吐艳
遥远的记忆
犹如昨天温馨

那些失落的星

夏夜里
满天的星星
闪烁个不停
只有那颗失落的星
在天边孤独地眨眼睛

那孤单的星星
在寻觅自己的友伴
哪怕寻到天边
也要找到心仪的她

孤单的星呀
你尽管发光发亮
总有一天
知友会来到您身边

秋，悄然而至

盛夏的酷暑
三伏天的闷热
令人寝食难安

适逢立秋
丝丝缕缕的凉意
直入心脾

这凉凉的秋
带我到湖边看鱼儿嬉戏
带我到林间赏片片黄叶

恰逢立秋
阵阵秋风送爽
缕缕瓜果飘香

凉凉的秋
美了我的眼
红了满山遍野

灿烂的笑容

还在睡梦中
你们已经笑着醒来
歌声装满了校园
随意拿出一串
可以挂在墙上

小鸟飞来倾听歌声
鲜花露出灿烂的笑容
最期待的一天
欣然而至了

音乐动起来
歌声飘起来
掌声响满了校园

美妙的明天
缤纷的梦想
是你们长久的期盼

那遥远的山坳

远远地望去
像一只飞翔的鸟儿
腾空而起
那是遥远家乡的小山坳

记得童年时期
常常对着那山丘眺望
希望有一天
越过山丘走向远方

如今离乡几百里
乡愁锁在容颜间
温馨溢于心田
山坳却在记忆里

闲暇时日

溜达在树林间
寂静无声之中
只闻声声鸟鸣
远离人间烟火
是心灵最好的休憩

这情这景
我真想高歌一曲
多年的忙碌

使人疲惫不堪
躲到无人的林间
是此刻最大的愿望

春 光

春暖花开遍地绿
万物复苏如步履
柳绿花红耀江南
莺歌燕舞处处郁

林间炊烟

茅屋炊烟袅袅起
门前小溪潺潺流
屋后翠竹片片绿
醉胜人间仙逸情

门前的流水

记忆中的老家门前
一条清澈的小溪
叮咚而过
早起挑挑水
中午洗洗菜
晚上小孩儿洗洗澡
那清新的空气
穿透心扉
如今回忆
是那样的亲切又温馨

乡间小调

置身油菜花丛中
芬芳扑鼻心舒畅
哼唱小调多随意
飘逸淑女似画浓

让晚风吹走

早晨的露珠
还在嘀嗒不停
回想昨夜的美好
摇曳的风
吹走昨夜的好梦
那尘封的往事
随风飘荡
那催泪的故事
让晚风带走
迎着冉冉的朝阳
从容而去

小路的尽头

小路的尽头
依稀可见
那远去的背影

高高的身影
忙碌个不停
记得每年过节
你都在做好吃的
招呼亲朋好友
如今，回老家去
已听不见你的声音
也看不到你忙碌的身影
人生苦短
我们该好好珍惜
眼前的亲人

熟悉的眼神

那眼神熟悉而深邃
看过一次
难以忘怀
在那遥远的记忆深处
曾经深埋
但我却不愿记起
那是心底隐隐的痛
如今回忆
仍难以释怀
当初的错过已成往事
昨天再遇
已不是往日的你

云彩当衣裳

小时候就有个梦想
用天边的云霞
做一身美丽的衣裳
那夜做了个梦
穿上云彩做的美丽衣裳
遇见了儒雅的他
跟着他，飞上云端
搭着鹊桥
互诉衷情
希望这美梦
早日成真

小满，人生的圆满

五月里小满至
菜青瓜熟大丰收
江河池塘水涨满
小满小满
人生的圆满
月盈则亏损
水满则溢出
要知足常乐
才收获满满

雨后斜阳

闷热的午后
一场大雨瓢泼而至
给燥热的晴空
带来一个透心凉
雨后的院子
清新舒适

走出家门
呼吸新鲜的空气
草地上花儿
湿润中带着
丝丝泥土的芳香
雨后的斜阳多么明媚

不能错过人生路

朝阳初升时
错过了晨风
落日染红天边时
错过了晚霞
忙忙碌碌的日子
错过了美酒与佳肴
匆匆忙忙的时刻
错过了佳人与美景
一生之中
错过一时，是随风而去
但不能错过
那美妙的人生路

爱五月，如爱少年

明媚的五月
是一个多彩的季节
花儿鲜艳
鸟儿鸣叫
灿烂的五月
有母亲的娇柔
有风儿的轻微
喜欢五月
犹如喜欢少年的自己
爱五月
爱她五彩缤纷的世界